AF381465

Analyse de l'œuvre

Par Élodie Veysseyre

Treize raisons

de Jay Asher

Rendez-vous sur lepetitlitteraire.fr et découvrez :

Plus de 1200 analyses
Claires et synthétiques
Téléchargeables en 30 secondes
À imprimer chez soi

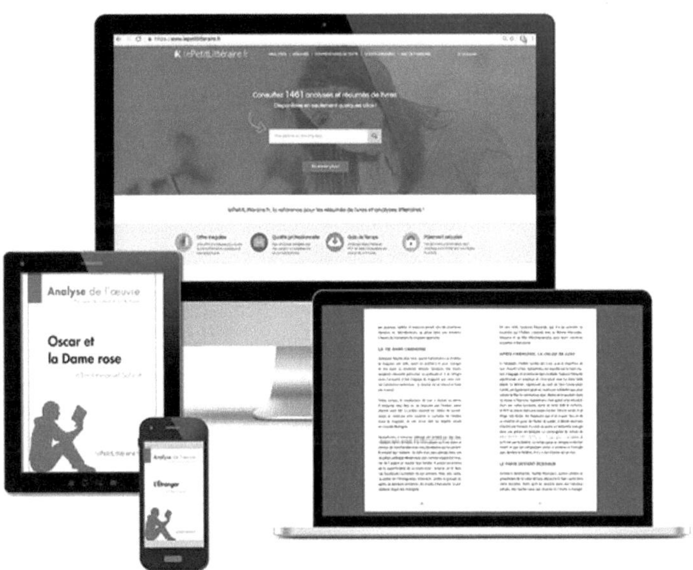

JAY ASHER

ROMANCIER AMÉRICAIN

- **Né en 1975 à Arcadia (Californie, États-Unis)**
- **Quelques-unes de ses œuvres** :
  - *Profil* (2011), roman
  - *Mille éclats* (2016), roman
  - *Le joueur de flûte de Hamelin* (2017), roman graphique

Romancier américain, Jay Asher a publié *Treize raisons*, son premier roman, en 2007.

La plupart de ses romans sont destinés aux adolescents et aux jeunes adultes. Ils évoquent les tumultes et les difficultés rencontrés par des adolescents américains, dans un cadre réaliste. Plusieurs thèmes, parfois très graves, sont abordés : harcèlement scolaire, suicide, violence, culpabilité, ou encore trahison. Ces romans se déroulent toujours dans des lycées américains à une époque contemporaine et mettent parfois en scène les réseaux sociaux.

Jay Asher est une référence de la littérature pour adolescents aux États-Unis. Il a par ailleurs obtenu plusieurs distinctions. *Treize raisons* s'est notamment vu attribuer une place sur la très distinguée liste des *best-sellers* du *New York Times*, un des plus grands quotidiens des États-Unis.

TREIZE RAISONS

PLONGÉE DANS LE HARCÈLEMENT ET LA VIOLENCE EN MILIEU SCOLAIRE

- **Genre** : littérature jeunesse
- **Édition de référence** : ASHER J., *Treize raisons*, traduit de l'anglais par Nathalie Peronny, Le livre de poche, 2015, 316 p.
- **1re édition** : 2007
- **Thématiques** : harcèlement scolaire, suicide, culpabilité, vie scolaire américaine, violence, amitié, trahison

Treize raisons est un roman américain publié en 2007. Le récit se déroule à l'époque contemporaine, dans un lycée américain frappé par le suicide d'une adolescente. Avant son passage à l'acte, une jeune lycéenne a enregistré sur 13 faces de cassettes toutes les raisons qui l'ont poussée à commettre son geste. À la manière d'un enquêteur, Clay Jensen se lance sur les traces de son amie disparue, sans imaginer les épreuves terribles qu'elle a pu traverser. Il ne se doute pas une seconde que l'écoute de ces cassettes va changer à jamais sa perception de la vie.

RÉSUMÉ

Après le décès tragique d'Hannah Baker, Clay Jensen, un de ses camarades de classe, reçoit un étrange colis comprenant 7 cassettes audio. Il se rend compte que ces cassettes ont été enregistrées par la défunte elle-même, avant sa mort, pour y expliquer les treize raisons qui l'ont poussée à commettre son terrible geste : se supprimer. À la manière d'une enquête policière, Clay recueille un à un les nombreux secrets d'Hannah, pour reconstituer le sombre puzzle qui a conduit à sa disparition.

LE SECRET DES CASSETTES D'HANNAH BAKER

Clay Jensen découvre sur le pas de sa porte un colis, comprenant 7 cassettes audio. Curieux de savoir ce qu'elles contiennent, il met la main sur un antique lecteur de cassettes dérobé à Tony, un camarade de classe, et commence leur écoute. Il découvre avec stupeur que ces cassettes ont été enregistrées par une jeune fille de son lycée,

Hannah Baker, qui s'est suicidée il y a plusieurs semaines.

Sur chacune des faces de ses cassettes, treize au total, Hannah relate un événement marquant de la fin de sa vie, provoqué ou traversé par une personne en particulier. Chacune de ces personnes, par ses actes, son inconscience, sa violence ou son irresponsabilité, aurait rapproché un peu plus Hannah de son destin funeste.

Clay Jensen, d'abord sous le choc, apprend rapidement qu'il fait lui aussi partie de l'enregistrement. Mais pour quelle raison ? Le doute l'assaille. Et s'il avait lui aussi contribué à la volonté d'Hannah de passer à l'acte ?

Au fil des cassettes, les profils et les secrets se dévoilent. Trahison d'amis en qui elle avait placé toute sa confiance, violation de sa vie privée, voire agression sexuelle et enfin viols, Hannah dévoile tous les événements traversés dans les derniers mois de sa vie, sans épargner personne. Pour rendre son « enquête » plus réelle et revivre le calvaire de sa camarade, Clay visite à chaque cassette le lieu où s'est déroulé l'événement qu'elle relate. C'est ainsi qu'il visite le magasin favori d'Hannah, le café où elle se rendait avec ses amis, le cinéma où elle travaillait avec lui...

Au fil des lieux et des cassettes, Clay fait de nombreuses rencontres, qu'il confronte avec ce qu'il apprend progressivement. Au café, il rencontre Skye, une ancienne connaissance de Clay, perdue de vue depuis quelques années. C'est une jeune fille taciturne au comportement étrange et asocial. Au moment d'écouter la face de la cassette qui lui est réservée, Clay tombe nez à nez avec Tony, un autre camarade du lycée, qui semble en savoir beaucoup plus sur les cassettes qu'il ne le laisse supposer...

DIALOGUE D'OUTRE-TOMBE

La fameuse cassette révèle qu'Hannah et Clay ont échangé un baiser durant une soirée organisée chez des camarades du lycée. Ce soir-là, la jeune fille, assaillie de souvenirs sombres et traumatisée par des événements récents, intime à Clay de la laisser tranquille et ce dernier s'exécute, sans mesurer l'étendue du mal-être de la jeune fille.

En écoutant la cassette, Clay se lance dans un dialogue improbable avec Hannah, répondant à ses interjections et à ses excuses, donnant à son tour sa propre version des faits. Il n'est pas réellement coupable de quoi que ce soit, contrairement à l'ensemble des autres personnages, mais le sentiment de culpabilité qu'il ressent est immense.

Quand l'adolescent a fini d'écouter, Tony lui révèle qu'il est la dernière personne à avoir vu Hannah ; sans le savoir, c'est lui qui aidé la jeune fille à se procurer les cassettes.

LA DESCENTE AUX ENFERS

Les derniers enregistrements s'égrènent dans le Walkman que s'est procuré Clay grâce à Tony. Les derniers personnages, leurs terribles secrets ébranlent chaque fois un peu plus Clay, qui commence enfin à mesurer l'ampleur du mal-être vécu par son amie Hannah.

Après le doute, la peur et la culpabilité, c'est l'impuissance et la colère qui se font jour. Le jeune homme se rend compte que beaucoup de drames auraient pu être évités, mais il est trop tard. Les cassettes sont enregistrées et le mal est fait.

Clay apprend au cours des faces 5. A et 6.B qu'Hannah a été tour à tour témoin puis victime d'un viol, tous deux commis par un camarade de lycée, Bryce Walker. Impuissant, il ne peut qu'écouter le terrible récit d'Hannah. Ces écoutes sont particulièrement traumatisantes pour Clay, qui réalise l'enfer qu'a dû vivre son amie alors qu'il est trop tard pour arranger les choses. Ces faces sont ponctuées de « Seigneur », lâchés par Clay avec malaise et impuissance.

Enfin, la dernière cassette est une des plus cruciales du récit. Hannah y a enregistré l'entretien qui s'est déroulé entre elle et le conseiller d'éducation du lycée, M. Porter. Il s'agit du seul adulte évoqué dans les cassettes. Lors de cet entretien, Hannah lui fait part de son mal-être, et de son souhait d'en finir pour s'en libérer. Clay découvre avec stupeur dans l'enregistrement que M. Porter ne semble pas comprendre la gravité de la situation présentée par Hannah. Cette dernière finit d'ailleurs par quitter son bureau, sans avoir reçu de réponse ni d'assistance.

UN NOUVEAU DÉPART POUR LE NARRATEUR ?

Au fil des cassettes, Clay réalise que le pire aurait pu être évité, si tous les signes avaient été interprétés convenablement. Il rencontre à nouveau Skye, mais cette fois la rencontre est déterminante. Et si elle aussi présentait tous les signes d'un mal-être et d'une catastrophe annoncée, que personne n'aurait remarquée ? Et si Clay pouvait cette fois agir et éviter un nouveau désastre ?

ÉTUDE DES PERSONNAGES

CLAY JENSEN

Clay Jensen est le narrateur du récit, et le personnage principal. Lycéen américain, il découvre un soir une boîte de cassettes audio qui lui sont destinées. Il réalise que ces cassettes renferment de lourds secrets, enregistrés par sa camarade de classe Hannah Baker, disparue quelques semaines auparavant. Sur chaque face, elle y a exposé toutes les raisons qui l'ont poussée au suicide.

Clay est un lycéen sans histoire, plutôt réservé. Il se rend compte, au fil des écoutes, que personne n'a pris conscience à temps du mal-être d'Hannah ni des épreuves qu'elle a pu traverser. Clay travaillait pourtant avec elle, il la voyait au lycée et a partagé une soirée avec elle.

L'écoute des cassettes audio devient rapidement une obsession pour Clay : il se laisse complètement absorber par l'histoire d'Hannah. Il avoue son « besoin de comprendre à tout prix » malgré son refus de suivre les consignes données par son amie au travers des cassettes. Il finit d'ailleurs par suivre à la lettre ses instructions, et à visiter chaque site cité dans le récit, pour mieux comprendre son amie.

Le personnage de Clay vit au cours du roman une véritable transformation. Au début du récit, il est convaincu de n'avoir aucune responsabilité dans la mort de son amie. Au fil des cassettes, il commence à avoir des doutes et éprouve rapidement de la culpabilité : et si n'avoir rien fait pour empêcher le drame constituait justement sa part de responsabilité ? Un profond sentiment de malaise et d'impuissance finit par poindre alors que les événements décrits sont de plus en plus violents et traumatisants. À la fin du roman, libéré d'une part de sa culpabilité et de son chagrin pour Hannah, Clay souhaite enfin agir pour ses camarades, qui pourraient se trouver dans le même cas qu'elle.

La nuit est donc très instructive pour Clay, mais aussi pour le lecteur. Le récit étant écrit à la première personne, le lecteur est directement impliqué dans l'histoire. Il découvre en même temps que Clay les développements de l'histoire et suit son enquête au même rythme. Il partage ses sentiments au fil du roman : culpabilité, impuissance, mais aussi espoir et soulagement.

HANNAH BAKER

Hannah s'est donné la mort quelques semaines avant la découverte des cassettes audio par Clay Jensen. Elle est donc totalement absente du récit et n'est jamais confrontée aux personnages du récit. Pourtant, son personnage est omniprésent : il parle par l'intermédiaire des cassettes audio et Clay se remémore de nombreux souvenirs partagés avec sa camarade.

Personnage tragique, Hannah a souhaité avant sa mort expliciter les causes de son suicide, afin de sensibiliser ses proches à sa démarche et peut-être éviter que d'autres ne choisissent cette voie. Dans cette entreprise légitime, elle met néanmoins de nombreuses personnes en cause : camarades de classe, voisins, conseillers scolaires, etc. Chacun porte selon elle sa part de responsabilité. Elle souhaite rendre publique cette responsabilité, comme par vengeance posthume.

D'un point de vue psychologique, le personnage d'Hannah est loin d'être fragile. C'est une
jeune fille déterminée et forte, qui a accumulé
les revers et les drames, avant de finir par être
complètement brisée par les événements. C'est
cette force intérieure qui la pousse d'ailleurs à
enregistrer les cassettes pour dénoncer des faits
qu'elle considère comme anormaux et devant
être punis. On observe néanmoins dans son récit
qu'elle finit par déclarer forfait au fil des événements, tous plus tragiques les uns que les autres.
À la fin de l'enregistrement, Hannah est plus
déterminée que jamais, mais cède à son souhait
d'en finir, sans se battre.

Hannah Baker est un personnage hors du com-
mun pour un roman de littérature jeunesse. Si
elle peut être qualifiée de protagoniste dans
l'histoire, voire d'héroïne, elle n'en est pas moins
complètement absente. Le lecteur finit par
oublier son absence, tant sa voix enregistrée
est omniprésente tout au long du roman. Au
travers des cassettes audio, elle réussit même à
« dialoguer » avec Clay, dans le cadre d'échanges
très réalistes.

LES PERSONNAGES DES CASSETTES

Douze personnages sont visés par les cassettes audio d'Hannah – et non 13, car la face 5.B traite de deux personnages disposant déjà de leur propre face (Justin et Bryce). À quelques rares exceptions, Clay Jensen ne les croise pas au cours du récit. Ils sont donc absents et on ne sait que très peu de choses sur eux, hormis leurs actions telles qu'elles sont relatées par Hannah.

- Justin Foley (faces 1. A et 5.B), le premier petit ami d'Hannah. Il a laissé courir une rumeur au lycée, qui a « collé une réputation à laquelle les gens ont cru et ont réagi en conséquence » (p. 40). Cet événement a brisé le cœur d'Hannah, qui pensait avoir affaire à un amour sincère et honnête ;
- Alex Standall (face 1.B), une connaissance d'Hannah, qui lui a mené la vie dure à l'école en la citant dans sa « liste des meilleurs culs du lycée ». Involontairement, il a alors nui à la réputation d'Hannah, déjà entachée suite à son aventure avec Justin Foley :
- Jessica Davis (face 2.A), une ancienne copine d'Hannah. Elles se sont disputées à cause

des rumeurs ébruitées sur Hannah au lycée, notamment parce que Jessica a préféré les prendre au mot plutôt que croire son amie ;

- Tyler Down (face 2.B), un camarade de lycée, photographe amateur et voyeur, qui espionnait Hannah à son domicile ;
- Courtney Crimsen (face 3.A), une connaissance d'Hannah qui s'est servie d'elle pour rester populaire ;
- Marcus Cole (face 3.B), un garçon indélicat, qui a tenté de l'agresser sexuellement ;
- Zachary Dempsey (face 4.A), un ami de Marcus repoussé par Hannah, qui décide par vengeance de lui voler des messages qui lui sont destinés ;
- Ryan Shaver (face 4.B), qui a volé un poème écrit par Hannah pour le publier contre son gré ;
- Jenny Kurtz (face 6.A), une connaissance d'Hannah qui a causé un accident mortel en sa présence, mais ne l'a jamais assumé, et a toujours agi comme s'il ne s'était rien passé ;
- Bryce Walker (faces 6. A et 5.B), une connaissance d'Hannah, abusif et violent – il s'est rendu coupable de deux viols sur des camarades de classe, dont Hannah ;
- M. Porter (face 7.A), le conseiller scolaire, à

qui Hannah a partagé sa volonté d'en finir, et qui n'a pourtant rien fait pour tenter de l'en empêcher.

LES ANGES GARDIENS

Deux personnages jouent un rôle prééminent dans le roman, sans pouvoir être qualifiés de protagonistes :

- Tony Padilla : camarade de lycée d'Hannah. C'est à lui qu'elle a choisi de confier ses cassettes. Au moment où il a compris ce qui allait se passer, il a tenté d'empêcher la jeune fille de passer à l'acte, en vain. Il joue un rôle d'ange gardien vis-à-vis de Clay lorsque celui-ci découvre le contenu des cassettes.
- Lainie Jensen, la mère de Clay, qui apparaît régulièrement dans le récit pour s'assurer que Clay va bien. Elle tente de l'aider à plusieurs reprises pendant son écoute des cassettes, mais son fils la repousse à chaque fois.

CLÉS DE LECTURE

UN CHEMINEMENT MENTAL ET PHYSIQUE VERS LA VÉRITÉ

Le récit est construit de manière à traduire un cheminement mental et physique du personnage principal, Clay Jensen, vers la vérité qui se cache derrière la disparition de son amie.

Le héros ne se contente pas d'écouter les cassettes laissées par Hannah, il suit physiquement les derniers événements relatés par la jeune fille. Chaque face est dédiée à un personnage, à un événement défini et à un lieu dans lequel il s'est déroulé. Clay met tout en œuvre pour se rapprocher de son interlocutrice et se rend dans tous les lieux cités pour revivre l'événement.

Ce cheminement géographique et physique entre plusieurs lieux-clés de la vie d'Hannah Baker nous est très précieux dans la narration. S'il permet d'abord à Clay de mieux prendre conscience de ce qui lui est relaté, de suivre un chemin tangible vers la vérité, il nous permet d'observer un rapprochement entre le moment tel que vécu par Hannah dans le passé et celui vécu par Clay aujourd'hui.

Le lieu décrit par Hannah dans sa cassette est un lieu vivant, dans lequel elle rencontre des protagonistes et vit des expériences marquantes. Au moment où Clay les visite, au crépuscule puis en pleine nuit, ces lieux sont plongés dans la pénombre, déserts ou fermés. Ils sont des lieux « morts » et leur visite nocturne amplifie l'atmosphère tragique et dramatique du récit. Le silence et leur obscurité nous rappellent qu'il est déjà trop tard, que les événements sont passés et qu'Hannah n'est plus.

De nombreux parallèles sont effectués entre le récit d'Hannah et le cheminement de Clay. Comme le parcours de Clay au fil de l'écoute des cassettes, on observe une vraie simultanéité qui se dessine entre les deux récits.

- Le parcours de Clay et la visite des lieux pour suivre les événements en temps réel ;
- Ce parcours est renforcé par la simultanéité des actions menées par Clay lui-même. Consciemment ou non, le personnage repro

duit les mêmes faits et gestes, dans les mêmes lieux : il s'agit entre autres d'acheter les mêmes articles qu'Hannah dans le magasin qu'elle cite ou de boire un milk-shake à l'emplacement recommandé par elle au restaurant. Cela permet bien sûr au lecteur de vivre lui aussi, à travers le personnage de Clay, l'expérience d'Hannah.

- Les échanges parfois directs entre la voix enregistrée d'Hannah et la voix du narrateur. Tout au long du roman, le dialogue enregistré est en gras, pour le différencier de la voix de Clay, narrateur principal. Le récit de Clay à la première personne est donc entrecoupé en permanence d'extraits de cassettes et ponctué d'interjections ou de questions incessantes d'Hannah. Cela crée parfois un malaise, un sentiment d'incursion par la voix de la cassette, que Clay met rarement sur pause, mais commente très régulièrement.

- Le point culminant de ces échanges se situe au moment de l'écoute de la cassette de Clay, durant laquelle Hannah parle directement au narrateur au travers de l'enregistrement, grâce à des interjections et des questions. Clay lui répond sans cesse, comme si son interlocutrice se trouvait en face de lui et le dialogue s'enchaine presque naturellement. Ce dialogue fictif est étonnant pour le lecteur, qui en oublie presque que les deux personnages ne partagent pas la même temporalité et que l'un d'eux a disparu.

Ces différentes méthodes et la sensation de simultanéité qu'elles entrainent tendent à faire revivre temporairement le personnage d'Hannah. Malgré sa disparition, on peut lui parler, partager des expériences avec elle et mieux la comprendre. Ce sentiment est accentué par la présence d'un riche champ lexical des sens, notamment celui de l'ouïe. Clay partage tout au long de son récit des sons, des « bruits », perçus dans l'enregistrement, comme un « bruissement de feuilles » (p. 105), un « lent souffle d'air » (p. 309) ou le fait qu'Hannah est « en train de déplier une feuille de papier » (p. 52). À l'écoute de sa cassette, le narrateur avoue même avoir l'impression « qu'Hannah était en face de nous » dans la voiture de Tony et il « reste là, à la regarder, jusqu'à ce que son image disparaisse. »

Le cheminement temporel est également très important dans le récit. Les cassettes sont des enregistrements limités dans le temps, que l'on peut donc inclure dans la temporalité du roman.

Le temps de la narration est bien défini : le récit commence au moment où Clay reçoit les cassettes, à la fin de la journée, et il se clôture le lendemain matin, après l'écoute des cassettes dans leur intégralité.

Ce récit resserré dans un temps très court, plutôt original pour un roman jeunesse, est délibéré de la part de l'auteur :

- Il met en évidence la précipitation et l'obsession que développe le narrateur vis-à-vis des cassettes. Comme le lecteur à travers lui, il tient à savoir ce qui s'est passé et pour ce faire, il met sa propre vie quotidienne de côté. L'enchaînement des cassettes et le peu d'interaction avec la réalité accentuent ce sentiment d'obsession, que le narrateur définit lui-même comme « un besoin de comprendre à tout prix. » (p. 117)
- Le récit se déroule entièrement durant la nuit, ce qui n'est pas sans apporter une dimension hautement symbolique à son cheminement. Au crépuscule, Clay commence à écouter les cassettes. Plus la nuit s'obscurcit, plus les anecdotes deviennent violentes et traumatisantes. Le récit d'Hannah s'assombrit littéralement et

cela se traduit dans l'environnement de Clay. Au petit matin, le narrateur est un être neuf, empli d'une sagesse dont il ne disposait pas la veille. Il est prêt à affronter les difficultés de sa nouvelle vie de jeune adulte et à mettre en pratique l'expérience acquise durant la nuit.

UN ROMAN À LA CROISÉE DES GENRES

La tragédie

Le roman *Treize raisons* est un roman jeunesse, destiné principalement aux adolescents et aux jeunes adultes. On observe néanmoins qu'il se situe à la croisée des chemins avec plusieurs autres genres qui l'influencent tout au long du récit.

Tout d'abord, le roman reprend certains traits caractéristiques de la tragédie :

- La fin du récit est connue dès le départ : on sait déjà que l'histoire finit mal. L'objectif du lecteur n'est donc pas de savoir « si » le personnage d'Hannah Baker va mourir, mais bien « pourquoi » et « comment » ;
- Le lecteur, tout au long du roman, ne peut que

se sentir impuissant devant les faits de plus en plus tragiques qui se déroulent sous ses yeux et semblent inévitables ;

• Le lecteur vit, aux côtés de certains personnages comme Clay Jensen et Tony, une véritable catharsis. Un événement terrible s'est produit et le lecteur cherche, tout comme eux, à comprendre les raisons de ce drame, pour exorciser la peine et la douleur qui en a résulté.

Le roman épistolaire

Le roman emprunte aussi certaines caractéristiques au genre épistolaire. Hannah Baker s'exprime au travers de cassettes, enregistrées avant sa disparition. Elle communique indirectement avec ses destinataires, par le biais d'un support « décalé » dans le temps et dans l'espace. La « correspondance » opérée entre Hannah et son auditeur crée une distance : il est déjà trop tard lorsque l'on découvre l'enregistrement. Cela renforce le sentiment d'impuissance des personnages et bien sûr celui du lecteur.

Il faut s'arrêter un instant sur le support choisi par Hannah Baker – et par l'auteur –, pour recueillir ses dernières pensées : des cassettes audio. Jay Asher a choisi délibérément ce support, car le texte a été publié pour la première fois en 2007, alors que la cassette audio avait commencé son déclin dix à quinze ans plus tôt. Elle n'est guère plus utilisée à notre époque, pas plus qu'à l'époque relatée dans le récit. Les personnages eux-mêmes évoquent des cassettes que « plus personne n'utilise, à notre époque » (p. 14) et peinent à trouver un lecteur adapté.

Des messages laissés par écrit, dans des lettres, par exemple, n'auraient pas eu le même effet sur le lecteur. En effet, l'utilisation de cet objet apporte une touche dramatique supplémentaire au récit :

- C'est un objet « décédé » pour eux, comme pour nous. Cette caractéristique renvoie directement au personnage qui les enregistre ;
- La cassette porte un message qui n'attend pas (ou plus) de réponse. Le destin tragique du personnage est déjà écrit ;
- La cassette est d'ailleurs un moyen d'entendre pour la dernière fois la voix d'un personnage décédé, comme pour le ressusciter.
- Au-delà de la symbolique de l'objet, la cassette audio est également un objet intriguant pour la jeune génération. C'est un objet inconnu, qui attire l'attention par sa rareté.

L'œuvre n'en reste pas moins un roman de littérature jeunesse. On y retrouve tous les codes de ce genre : un cadre scolaire, des événements liés à ce cadre et aux rencontres que l'on y fait, des relations entre jeunes adultes, souvent violents et irréfléchis.

Le cadre du récit est très réaliste. Le lecteur suit des élèves dans leur quotidien au lycée. Si ce quotidien ne ressemble pas toujours à celui des lycées français, le jeune lecteur français a pu largement se reconnaître dans les descriptions de l'environnement, des personnages et de leurs relations.

Le réalisme crée un effet d'autant plus glaçant et terrifiant pour le lecteur : les événements relatés sont violents, choquants et contrastent avec un cadre familier et « protégé ».

Un roman initiatique

Enfin, le roman s'apparente d'une certaine manière à un roman initiatique. Il conduit Clay à en apprendre beaucoup sur Hannah, sa camarade disparue, mais également sur lui-même et sur son rapport aux autres. D'un personnage détaché et peu concerné par son environnement, on finit par découvrir un personnage impliqué, qui souhaite agir pour arranger les choses. Il est d'ailleurs suggéré à la fin du roman que Clay vient en aide à une autre camarade en souffrance. Cet aspect « initiatique » est renforcé par la symbolique du cheminement géographique et mental vers la vérité et la traversée d'une nuit à l'écoute des cassettes.

LA RÉCEPTION MOUVEMENTÉE D'UNE ŒUVRE TRAITANT DE THÈMES DIFFICILES : LE HARCÈLEMENT SCOLAIRE ET LE SUICIDE

Lors de la publication du roman, mais encore plus lors de la diffusion de son adaptation en série, l'œuvre a donné lieu à de nombreux débats sur les réseaux sociaux, outre-Atlantique, mais aussi en France, sur les thématiques du suicide et du harcèlement scolaire. Très réaliste, l'œuvre est accusée d'être trop explicite sur le suicide et les raisons qui poussent des jeunes adolescents à commettre l'irréparable.

La série a d'autant plus marqué les esprits qu'elle montre des scènes très choquantes (notamment de viol et de suicide) et ce, de manière très crue.

Le roman, mais aussi la série qui en est dérivée, sont donc à étudier avec précaution, en gardant en tête qu'il s'agit d'une fiction malgré les détails très réalistes et marquants.

Ces deux œuvres constituent du reste un manifeste contre le harcèlement scolaire et contre toutes les formes qu'il peut prendre, sur ses causes et sur les conséquences qu'il peut entraîner. Le roman utilise l'allégorie des 13 faces de cassette pour illustrer quelques-unes des raisons qui ont pu pousser une victime au suicide. Le message que l'on peut tirer du récit n'est pourtant pas uniquement une liste de raisons déterminées. L'auteur insiste à plusieurs reprises de manière détournée sur le fait que le passage à l'acte a fait suite à une série d'événements dramatiques à « effet boule de neige » (p. 300), une sorte d'accumulation, comme le reconnaît elle-même la protagoniste, Hannah Baker.

Le message à tirer de l'œuvre se trouve davantage dans la réponse que l'auteur propose au suicide et au harcèlement. Le roman invite les personnes victimes de ces faits à partager leur sentiment de mal-être, mais aussi les témoins possibles à rester davantage à l'écoute des signaux de détresse envoyés.

Le saviez-vous ?

Dans ce contexte, l'auteur, ainsi que l'équipe de la série (acteurs, réalisateur, etc.) ont dû prendre la parole, pour clarifier leur message et pour inviter les spectateurs à solliciter de l'aide en cas de difficulté. Ils ont notamment créé un site (https://13rea-sonswhy.info/) dédié à la prévention du suicide et aux faits de harcèlement en milieu scolaire. Ce site Internet a pour but d'encourager les adolescents concernés par ces thématiques à parler de leur mal-être à leur entourage ou à des professionnels de la santé.

PISTES DE RÉFLEXION

QUELQUES QUESTIONS POUR APPROFONDIR SA RÉFLEXION...

- Deux autres œuvres littéraires sont citées au cours du roman. Lesquelles ? Quel rapprochement peut-on opérer avec le récit de Jay Asher ?
- Recherchez les règles et les finalités de la tragédie classique. Quelles règles sont partagées par le roman ?
- De nombreux champs lexicaux en rapport avec les sens sont utilisés par l'auteur pour rendre le personnage d'Hannah plus présent dans le récit. Lesquels ? Citez deux exemples pour chacun des sens relevés.
- Sur combien de temps se déroule le récit ? Pourquoi ? Quel est l'effet produit sur le lecteur ?
- Quels sont les lieux visités par Clay durant l'écoute des cassettes ? À quel moment de l'écoute chacun d'eux est-il visité ? Quel effet ce cheminement produit-il sur le récit et sur l'écoute des cassettes ?

- Qui est le narrateur ? Comment peut-on qualifier ce narrateur ? Quel effet ce type de narration produit-il sur le lecteur ?
- À votre avis, pourquoi l'auteur fait-il le choix de cassettes audio pour raconter le récit d'Hannah ?
- Relevez les phrases comparant Hannah à une présence fantastique, visible par Clay à certains moments du récit. Comment le personnage est-il décrit ?

Votre avis nous intéresse !
Laissez un commentaire sur le site de votre librairie en ligne
et partagez vos coups de cœur sur les réseaux sociaux !

POUR ALLER PLUS LOIN

ÉDITION DE RÉFÉRENCE

- ASHER J., *Treize raisons*, traduit de l'anglais par Nathalie Peronny, Le livre de poche, 2015, 316 p.

ÉTUDE DE RÉFÉRENCE

- « Sur Internet, la série *13 Reasons Why* provoque un vaste débat à propos du suicide », *Le Monde.fr*, consulté le 10 octobre 2018, https://www.lemonde.fr/pixels/article/2017/04/16/la-serie-13-reasons-why-provoque-une-discussion-geante-a-propos-du-suicide_5112021_4408996.html.

ADAPTATION

- Série télévisée américaine, diffusée en ligne en France à partir du 31 mars 2017 sur la plateforme Netflix. Créée par Brian Yorkey, cette adaptation met en scène Dylan Minnette, Katherine Langford et Kate Walsh.

Retrouvez notre offre complète sur lePetitLittéraire.fr

- des fiches de lectures
- des commentaires littéraires
- des questionnaires de lecture
- des résumés

ANOUILH
- Antigone

AUSTEN
- Orgueil et Préjugés

BALZAC
- Eugénie Grandet
- Le Père Goriot
- Illusions perdues

BARJAVEL
- La Nuit des temps

BEAUMARCHAIS
- Le Mariage de Figaro

BECKETT
- En attendant Godot

BRETON
- Nadja

CAMUS
- La Peste
- Les Justes
- L'Étranger

CARRÈRE
- Limonov

CÉLINE
- Voyage au bout de la nuit

CERVANTÈS
- Don Quichotte de la Manche

CHATEAUBRIAND
- Mémoires d'outre-tombe

CHODERLOS DE LACLOS
- Les Liaisons dangereuses

CHRÉTIEN DE TROYES
- Yvain ou le Chevalier au lion

CHRISTIE
- Dix Petits Nègres

CLAUDEL
- La Petite Fille de Monsieur Linh
- Le Rapport de Brodeck

COELHO
- L'Alchimiste

CONAN DOYLE
- Le Chien des Baskerville

DAI SIJIE
- Balzac et la Petite Tailleuse chinoise

DE GAULLE
- Mémoires de guerre III. Le Salut. 1944-1946

DE VIGAN
- No et moi

DICKER
- La Vérité sur l'affaire Harry Quebert

DIDEROT
- Supplément au Voyage de Bougainville

DUMAS
• Les Trois
  Mousquetaires

ÉNARD
• Parlez-leur
  de batailles,
  de rois et
  d'éléphants

FERRARI
• Le Sermon sur la
  chute de Rome

FLAUBERT
• Madame Bovary

FRANK
• Journal
  d'Anne Frank

FRED VARGAS
• Pars vite et
  reviens tard

GARY
• La Vie devant soi

GAUDÉ
• La Mort du
  roi Tsongor
• Le Soleil des
  Scorta

GAUTIER
• La Morte
  amoureuse
• Le Capitaine
  Fracasse

GAVALDA
• 35 kilos d'espoir

GIDE
• Les
  Faux-Monnayeurs

GIONO
• Le Grand
  Troupeau
• Le Hussard
  sur le toit

GIRAUDOUX
• La guerre de
  Troie
  n'aura pas lieu

GOLDING
• Sa Majesté des
  Mouches

GRIMBERT
• Un secret

HEMINGWAY
• Le Vieil Homme
  et la Mer

HESSEL
• Indignez-vous !

HOMÈRE
• L'Odyssée

HUGO
• Le Dernier Jour
  d'un condamné
• Les Misérables
• Notre-Dame
  de Paris

HUXLEY
• Le Meilleur
  des mondes

IONESCO
• Rhinocéros
• La Cantatrice
  chauve

JARY
• Ubu roi

JENNI
• L'Art français
  de la guerre

JOFFO
• Un sac de billes

KAFKA
• La Métamorphose

KEROUAC
• Sur la route

KESSEL
• Le Lion

LARSSON
• Millenium I. Les
  hommes qui
  n'aimaient pas
  les femmes

LE CLÉZIO
• Mondo

LEVI
• Si c'est un
  homme

LEVY
• Et si c'était vrai…

MAALOUF
• Léon l'Africain

MALRAUX
- La Condition humaine

MARIVAUX
- La Double Inconstance
- Le Jeu de l'amour et du hasard

MARTINEZ
- Du domaine des murmures

MAUPASSANT
- Boule de suif
- Le Horla
- Une vie

MAURIAC
- Le Nœud de vipères

MAURIAC
- Le Sagouin

MÉRIMÉE
- Tamango
- Colomba

MERLE
- La mort est mon métier

MOLIÈRE
- Le Misanthrope
- L'Avare
- Le Bourgeois gentilhomme

MONTAIGNE
- Essais

MORPURGO
- Le Roi Arthur

MUSSET
- Lorenzaccio

MUSSO
- Que serais-je sans toi ?

NOTHOMB
- Stupeur et Tremblements

ORWELL
- La Ferme des animaux
- 1984

PAGNOL
- La Gloire de mon père

PANCOL
- Les Yeux jaunes des crocodiles

PASCAL
- Pensées

PENNAC
- Au bonheur des ogres

POE
- La Chute de la maison Usher

PROUST
- Du côté de chez Swann

QUENEAU
- Zazie dans le métro

QUIGNARD
- Tous les matins du monde

RABELAIS
- Gargantua

RACINE
- Andromaque
- Britannicus
- Phèdre

ROUSSEAU
- Confessions

ROSTAND
- Cyrano de Bergerac

ROWLING
- Harry Potter à l'école des sorciers

SAINT-EXUPÉRY
- Le Petit Prince
- Vol de nuit

SARTRE
- Huis clos
- La Nausée
- Les Mouches

SCHLINK
- Le Liseur

SCHMITT
- La Part de l'autre
- Oscar et la
  Dame rose

SEPULVEDA
- Le Vieux qui
  lisait des romans
  d'amour

SHAKESPEARE
- Roméo et Juliette

SIMENON
- Le Chien jaune

STEEMAN
- L'Assassin
  habite au 21

STEINBECK
- Des souris et
  des hommes

STENDHAL
- Le Rouge et
  le Noir

STEVENSON
- L'Île au trésor

SÜSKIND
- Le Parfum

TOLSTOÏ
- Anna Karénine

TOURNIER
- Vendredi ou
  la Vie sauvage

TOUSSAINT
- Fuir

UHLMAN
- L'Ami retrouvé

VERNE
- Le Tour
  du monde
  en 80 jours
- Vingt mille
  lieues sous
  les mers
- Voyage au
  centre de
  la terre

VIAN
- L'Écume des jours

VOLTAIRE
- Candide

WELLS
- La Guerre des
  mondes

YOURCENAR
- Mémoires
  d'Hadrien

ZOLA
- Au bonheur
  des dames
- L'Assommoir
- Germinal

ZWEIG
- Le Joueur
  d'échecs

Ce titre a été réalisé avec le soutien de la Fédération Wallonie-Bruxelles, Service général des Lettres et du Livre.